굿모닝, 나팔꽃

굿모닝, 나팔꽃

펴낸날　　초판 1쇄　2024년 6월 10일

지은이　　임효숙
펴낸이　　서용순
펴낸곳　　이지출판

출판등록　1997년 9월 10일
등록번호　제300-2005-156호
주소　　　03131 서울시 종로구 율곡로6길 36 월드오피스텔 903호
전화　　　02-743-7661　팩스　02-743-7621
이메일　　easy7661@naver.com
디자인　　조성윤
인쇄　　　ICAN
물류　　　(주)비앤북스

값 13,000원

ISBN 979-11-5555-224-7　03810

※ 잘못된 책은 구입하신 서점에서 바꿔 드립니다.

임효숙 시집

굿모닝, 나팔꽃

이지출판

임효숙 시인이 감성시집을 발간한다. 자신만의 특징이 담긴 글을 써 오던 시인은 윤보영 시인의 '감성시 쓰기 교실'을 만나 감성시에 관심을 갖고 꾸준히 메모해 왔다. 그 메모들이 시로 탄생한 이 시집에는 가족 사랑, 고향 사랑, 일상 사랑, 더 나아가 자신에 대한 사랑이 듬뿍 담겨 있다.

처음 시를 쓰는 사람들은 자기 경험에서 비롯된 글을 적고 독자들에게 시인의 생각대로 따라와 주길 바라는 경우가 있다. 또 직장 생활 등 주변의 소재로만 글을 적어 지루함을 주기도 한다. 하지만 임효숙 시인의 시는 독자가 주인공이 될 수 있게 배려했다. 그래서 읽는 재미가 있다.

임효숙 시인은 시와 시조, 동요 작사와 디카시까지 다양하게 쓰고 있다. 시는 장르별로 강조하는 부분이나 감동을 주는 요소가 다를 수 있지만, 그 장점을 감성시에 잘 접목

시켜 맛있는 감성시를 쓰는 시인으로 자리매김했으면 좋겠다. 더불어 감성시를 배우고 싶은 사람들에게 이 시집을 읽어 볼 것을 권한다. 시를 읽다 보면 '이런 것도 시 소재가 되는구나!' '이렇게 적으니까 감동을 주네!' 하고 깨닫게 되고, 자기도 모르는 사이에 시인처럼 시를 쓰는 데 도움을 얻게 될 것이다.

"저도 감성시집을 낼 수 있을까요?" 하고 조심스럽게 건넨 말에 "그럼요, 당연하지요!" 대답하며 그 질문과 대답이 실천으로 이어진 시집! 임효숙 시인이 시를 쓸 수 있게 늘 응원해 주신 남편과 가족들에게 감사드리며, 앞으로 임효숙 시인이 우리나라 최고의 감성시인이 될 수 있게 도와드릴 것을 약속드린다.

집필실이 있는 '이야기터 휴'에서
커피시인 윤보영

시인의 말

소소한 일상에서 변화를 알게 되고, 만남이라는 인연의 소중함에 먼저 감사를 전합니다.

지난해 6월 '이야기터 휴'에서의 만남으로 감성시를 쓰게 되었고, 아낌없는 사랑으로 인도해 주신 윤보영 시인님 덕분에 이 시집이 탄생하게 되었습니다. 진심으로 감사드리며, 혹여 제 부족함으로 시인님께 누가 되지 않을까 조심스런 마음입니다.

감성시 쓰기 공부를 하면서 짧아서 오히려 임팩트가 있는 구성과 쉬운 시어들에 담긴 진솔함에 스스로 감동하는 기쁨을 맛보았습니다. 일상에서 건져 올린 소재들, 자연의 모든 것들과 가족, 사물, 이웃들에게서 얻은 영감에 감성을 불어넣어 한 편 한 편 시를 완성해 가는 동안 제 안에 생동감이 넘치는 것을 깨달았습니다.

만물과 시작된 인연의 고리에서 작은 것을 챙기면 세심(細心)이고, 사사로움이 없으면 공심(公心)이며, 꾸밈이나 거짓이 없는 마음을 본심(本心)이라고 합니다. 저는 이런 진심 어린 마음으로 작가 활동을 해 나가려 합니다. 그동안 두 권의 시조집을 펴내고 새롭게 도전한 이 감성시집이 독자들에게 다가가 공감을 얻을 수 있기를 바라며, 여러분의 가슴에 감성의 꽃이 활짝 피어났으면 좋겠습니다.

　　늘 제 편인 남편 이준열, 사랑이 가득한 딸 이지영, 가슴은 아리고 마음은 행복한 아들 이현경의 이름을 불러보며 깊은 사랑을 전합니다. 그리고 정성을 다해 출판해 주신 작가 서용순 대표님께 진심으로 감사드립니다.

2024년 푸르른 5월
임효숙

차례

1부 내 사랑 만나거든

2부 비처럼 그리움처럼

3부 종이컵의 소원

4부 길에서 만난 행복

5부 담쟁이가 그린 그림

1부

❉

내 사랑 만나거든

꽃으로 핀 그대

5월의 장미
너무 예뻐
눈을 뗄 수가 없어요

갑자기
날 부르는 소리에
다시 보니

아 글쎄,
내 안에 꽃으로 핀 당신이
장미꽃이었어요.

목련꽃, 저 맑음

목련꽃이 피었다
바람 불면 바람꽃
비가 내리면 비꽃!

그러다
기어이 꽃을 피웠다

웃는 얼굴로 피었고
좋아하는 마음으로 피었다

아, 저 맑음!
다시 보니
우리 사랑으로 피었다.

걱정 말아요

사람은
못통 속 자석처럼
서로 안아 주고
때론 등을 돌렸을 수도 있어

하지만
걱정 말아요

그렇게 밀고 당기다
우리처럼 사랑이 깊어지면

글쎄,
죽어도 떠나지 않겠다며
시도 때도 없이 붙어 있겠지요.

봄날의 텃밭

봄날
텃밭을 일구었습니다

그대 생각을 뿌리고
지금부터 기다리겠습니다

그대 웃는 모습을
그 모습에서 느낄
부드러운 향기를.

굿모닝, 나팔꽃

새벽
풀잎에
맺힌 이슬방울

바람결
속삭임에
또르르 굴러

안녕!
나팔꽃과 인사 나눈다

당신을 생각하며….

사랑 진단

저 멀리 가물가물
당신 얼굴 맞나요?

창밖에 너울너울
당신 모습 맞나요?

내 마음이 콩닥콩닥
지금 당신
사랑하고 있는 거 맞지요?

오직 당신뿐

혹시
내 목소리 들었나요?

꿈속에서
전해지는 마음

오직
당신뿐인데

오늘도
당신 전화 기다립니다

내 목소리 들려주고 싶어요.

담을 수 있을까

내 안에
무엇을 담을까?

버려도
버려도
줄지 않는 욕심
차라리 담아야겠다

나눔을 담고
욕심이 들어설 자리가 없게
즐거움도 담아야겠다

담다가
담다가
담는 나를 만나면
토닥토닥
고맙다고 해 줄
그 마음도 미리 담았다.

생각의 꽃

줄기 위에
꽃을 피우기 위해
이파리 떠난 후
기다립니다

사랑하는
당신 기다리다
청춘 다 보내고

평생 만날 수 없어
그리움으로
지독한 그리움으로

당신 생각을 꽃으로 피웠습니다.

이슬에 젖듯

아침 이슬에
풀잎 젖듯
내 마음이
그대 사랑에 젖는다면

바쁜 일상에
그 사랑!
마르지 않도록
그리움에 담아 둘 텐데….

기다림을 수놓다

어제의 세상에서
오늘이 궁금했는데
또 내일이 궁금하다

달에 걸린 나무가
빈 가지 하나 내미는데
왜 이리 허전한지

그래도 다행인 게
늘 그래왔듯
허전함을 받아들이고
부족함을 채워 가는 재미!

어제 만난 궁금증으로
오늘을 보낸다
웃으면서 내일로 간다.

묵언

빈 달빛이
차창을 두드리는데
소리가 없다

달빛과
나 사이에
어둠이 밀고 들어와
이럴 때는
사랑을 해 보란다

그래,
사랑을 하는 거다

있는 그대로를 즐기면서도
가끔 부족한 자신감과
지독한 사랑을 해 보는 거다.

그대 생각하다가

그대 생각하다
메모를 남겼습니다

미운 모습은
지우개로 지우고
예쁜 모습만 남겼습니다

남겨진 모습에서
향기가 납니다

내가 좋아하는
당신!
꽃이 맞습니다.

끝없는 하루

하루가 간다

어떤 이는
하루를 늘였다 줄이고

또 어떤 이는
바쁘다가 한가하다

또 더러는
온종일 울고 웃기도 하고

하지만
그대 그리운 나는
마냥 늘리기만 한다

하나에서 열까지
모두가 소중하고
끝이 없어서 더 좋은
내 사랑이니까.

겨울 담쟁이

깊은 뿌리조차
계절의 변화에 저항하지 못하고
앙상한 가지만 남긴 겨울!

푸른 잎을 가진 추억
전설처럼 생각 속에 담고
내일을 기다린다

벽 하나를 안고
그 벽마저 부족하다고 안달하는
나를 불러 세워 놓고
기다림 끝에 봄이 온다고 알려 준다

이제
사랑 시작이다.

내 사랑 만나거든

바람!
너를 부른다

어느새
내 귓볼에 다가와
꽃향기 건네는 바람

사랑이라면
더 머물 텐데
그리움이라며 떠난다

그래,
내 사랑 만나면
다시 돌아와
내 곁에 머물러 주렴.

아기별 채송화

작은 꽃밭에 채송화
활짝 핀 얼굴
아기별 얼굴

아침이슬로 세수하고
고운 미소로
해님 마중한다

하늘에 별이
빨강 노랑색으로 내려와
나에게 미소를 보낸다.

나의 계산법

사랑 더하기 사랑하면
행복을 낳고
사랑 나누기 사랑하면
배려를 낳는다

남지도 모자람도 없는
사랑 행복
사랑 배려
늘 계산은 넉넉하다

행복한 나의 계산법!

잠시 숙면 중

한 해 동안
땀 흘린
인생살이

노곤한
생활고에
여유가 없다

나도 그대 생각 속에서
잠시 숙면 중이다.

초와 불이 만나면

초와
불이 만나
이렇게 얘기했다네요

우리
뜨겁게 만났으니
뜨겁게 사랑하자

감동한 촛불이
눈물 흘렸답니다

사랑은
이렇게 해야 하나 봅니다

한 수 배웠습니다.

오늘도 불침번

그렇게 보낸
세월 앞에
흐트러짐 하나 없이

눈 부릅뜨고
하세월 참았구나

오늘도 불침번
변함없이 서는 그대

당신을 사랑합니다.

허수아비가 웃는 이유

차렷!
아무리 소리쳐도
꿋꿋이 팔 벌린 당신은

늘 나를 보고
웃고 있네요

내가
그렇게 좋은가요?

아하, 커피

창가에 앉아
커피를 마시며

커피 향기 속에 담긴
그대를 만난다

커피는 식어도
우리 사랑은 그대로

아하!
그래서
커피 마시면서
좋아하는 사람
생각을 하나 보다.

지울 수 없는 기억

생각 속 기억을
다 지워도
그대 웃는 얼굴은
도저히 지울 수가 없어요

아니,
지워지지 않아요.

그대니까
내가 좋아하는
그대가 맞으니까!

2부

✺

비처럼 그리움처럼

늘 직진

당신은
우리 행복을 위해서
늘 직진입니다

당신 마음속에서
나를 보았습니다

나도 오직 그곳에서
직진입니다.

덩굴장미

당신이 보고 싶어
장미꽃을 봅니다

장미정원 한가득
당신 얼굴입니다.

저녁노을에 흰 구름
빨간 장미로
당신 얼굴 그렸습니다.

내 안에
하늘이 담깁니다
당신 얼굴이 담깁니다.

장미로 피어나

늘 보고파서

길게 인연의 끈 잡고
피워 놓은 예쁜 꽃

고운 아침 햇살에
장미로 피어나

날 보고 웃는
당신이 좋아요.

개망초

바람이 지나다 만난
한 무더기 꽃

인연을 쌓아
하얗게 덮었습니다

그 인연
내 가슴에
당신을 가득 피웠습니다.

그 길엔

숲길을 걸어갑니다

그 길 따라
내가 있고
그대가 있습니다

두 손 꼭 잡고
그 길을
우리가 걷고 있습니다.

시절 인연

오늘은
달콤한 과일을
찾았습니다

그 향기 속에
당신 생각
가득합니다

같이 보낸
시절 인연
더 그립습니다.

꽃그늘

꽃그늘 짙어지는
해 질 녘
봄비의 행간이
촘촘해질 무렵

당신이 그리워
달려가는 마음 빛
꽃비로 날립니다

보이지 않는 허상조차
부끄러워
흘리는 내 청춘을

바람도 쫓아갑니다.

수국 향기로

산에
들에
수국꽃이 만발했다

봉긋봉긋
꽃송이
달콤한 향기
코끝에 스민다

혹시,
그대가
수국꽃으로 피었나요?

제비

강남 갔던 제비가 돌아온다는
삼월 삼짇날

늘 기다림 속에 머무는 당신
당신도 삼짇날 핑계대고
내 앞으로 달려왔으면 좋겠다

성공, 보람, 즐거움!
어느 것으로 와도 좋을
내 당신!

최고의 날

소풍 날
당신이 있어
최고의 날입니다

모든 꽃들이
활짝 웃어 줍니다

당신과 함께 온
소풍은
웃는 날입니다

소풍은
도깨비 방망이입니다.

절정

푸른 연잎
품어 안은
고운 빛

은은한 향기 속
고운 자태 귀하다

함초롬 머금은 향기
8월의 연못은
연꽃으로 절정이다.

외출의 즐거움

바람이 친구 되고
햇살이 친구 되는
신나는 외출

그대를 만나려고
설렘 안고 나선다

길가
활짝 웃어 주는
꽃들도
볼 수 있어
참 좋다!

나를 찾은 오늘

오늘 아침도
햇살처럼 다가오신 당신!

아침마다 되풀이되는 일상이지만
늘 당신은 내 곁에 오셨습니다

힘든 일상을 꽃으로 피우고
키 큰 나무처럼
힘이 되어 주는 당신!

시계추처럼
쉬지 않고 찾아오는
당신이 있어 행복합니다.

내 곁에 입춘

시냇물
얼음 녹여
천천히 흘러내리듯

입춘은 그렇게
내 곁에 왔어요

당신 미소처럼
따스하게
마음 설레게….

바다의 외출

파도가
섬을 찾아 마실 가듯
넘실댈 때

내 사랑은
하얀 거품 안고 와
모래 속으로 스민다

그곳에
사랑이 있다며

그곳이
내 가슴이라며….

너에게로

틈 사이로
들어와 앉은 바람

커피를 마시는
내게 다가와
불렀냐고 묻는다

고개를 저으니
돌아보지도 않고 사라진다

그래,
내 그리움 속 너
바람이 아니어서 다행이다.

그림 하나

하늘에
펼쳐진 양떼구름을
화폭에 담았습니다

가족들 사랑으로 그린 그림!
내 안에 걸었습니다

걸고 나니 가까이서
가족들 웃음소리가 들립니다
기다렸던 행복입니다.

당당한 군자란

화분에 자라던 군자란이
꽃을 피웠어요
마치 왕관처럼!

자기가
최고라며 당당하게
피었어요

봄만 되면
우리 가족에게
행복을 주는 꽃!

고마운 마음에
"네가 최고!"
엄지척!

감국이 피었다

감국이 피었다
노란 꽃이
진한 향기를 내민다

진한 향이 좋다
그렇다고 그대를 기다리는
내 마음 움직이는 데는
턱없이 모자라는 꽃

감국이 피었다.

라일락 그 향기

이른 새벽 공기
창문 타고 넘어오는 그리움
향기처럼 달콤하다

조물조물 보랏빛 향기
잔잔한 열정

그 먼 곳까지
한달음에 달린다

고향 집 골목길에
풀어놓았다

오가며 기웃기웃
향기 찾는 나비 한 쌍이 된다.

비처럼 그리움처럼

그리움에 다가서는
애틋한 마음처럼
봄비가 내린다

아직도 남아 있는
낙엽을 적시며
지나간 시간을
지우고 있다

그리고
머뭇거리는 꽃눈에게
꽃을 피우자고 보채는 비

내 안에도 비가 내린다
보고 싶으면
그만큼 더 생각하라고

그리움 담아 내린다
봄비가 내린다.

내 손안의 그대

– 핸드폰

내 곁에
오기까지

긴 세월
그대

배터리 충전하듯
내 인생을
가득 채워 준 당신

당신은 늘 내 손안에 있어요.

택배

택배 기사가
새벽 어둠 속을 달려와
물건을 내려놓고 떠난다

상자를 연다
어머니를 향한 그리움이
먼저 달려 나온다

오늘 택배
성공이다.

구두 소리

또각또각
구두 소리와 함께
사랑을 담아 오는 길은
행복입니다

지나간 발자국에
세월을 담아놓고

당신의 구두 소리
행복하게
현관을 들어옵니다.

3부

✻

종이컵의 소원

그리운 어머니

장대비가
유리창을 때리며
흘러내립니다

"일을 할 때는
쏟아지는 비처럼 하는 거란다."

어머니 당신 말씀이
빗물 되어
흘러내립니다

보고 싶다
보고 싶다
가슴을 적시며 내립니다

그리운 어머니!

이름 넉 자

엄마가
이름을 쓴다
정자근순

쓰다 보면 삐뚤빼뚤
다시 써도 삐뚤빼뚤
하지만 난
삐뚤어서 좋다

이름 속에
오직 가족 사랑이 담긴
그 무게에
삐뚤어질 수밖에 없는
정자 자자 근자 순자

오늘은
엄마 이름 넉 자가
내 가슴에
당당하게 자리 잡는다.

파도, 흔적도 없이

따라 나갔다
따라 들어오며

하얀 파도
조각조각
흩어져서

모래 속으로
흔적도 없이 숨어 버린다

무궁화꽃이 피었습니다.

돌다리의 추억

마을 앞을 흐르는 개울
돌다리 추억이 생각난다

어느 여름
장대비에 둑이 터졌다
정겨운 이웃이
뿔뿔이 사라진 자리

새벽이면 아버지는
언니, 나, 동생까지
뼈 시리게 차가운 개울물을
업어서 건네 주셨다

지금도 아버지
당신의 따스한 마음이 흐르는 개울

오늘은 내 마음에 돌다리 놓고
등을 내민다

"아버지, 제 등에 업히세요!"

아직도 아빠

웃는 눈이 선하고
밝게 미소 지으시던
당신을
아버지 대신
아빠라 불렀지요

늘 한결같은 내 편
오직 하나뿐인 혈육

오늘도
그리움에 담긴
메아리가 그리워
아빠를 부릅니다

아빠!
아빠!

민들레 씨앗으로

양지바른 모퉁이에
노란 민들레꽃이
피었습니다

이제
그리움을 지우기 위해
민들레 씨앗으로
그대 찾아
다시 날아가렵니다.

쉼 없이 달린다

초침은 바쁜데
분침, 시침은
느리고 여유롭다

세월이
초침을 등에 지고
쉼 없이 달려간다

항상
분침이
시침 불러
초침 뒤를 따른다

당신이 나를 좋아하듯이….

같은 길을 가는 친구

친구는
내 마음속에
하트 하트

친구는
같은 길을
웃으며 가는 동행

친구 생각하니
꽃 속에
친구 얼굴이 보입니다.

오리 가족의 하루

양재천 물살을
거슬러 오르며
아기 오리
어미 따라 출근 중입니다

꿈 찾아
신나게 달려가는
아기 오리

- 엄마 나 수영 잘하죠!
- 나도 꼭 엄마 될 거야!

어느 사이
석양에
오리 가족 퇴근을 합니다.

수국 밥상

푸른 하늘 아래
가득 핀 수국

허기진 나를 위해
한 상 가득 고봉밥
영양도 골고루
색색이 예쁘다

먹기보다
바라만 봐도 배부른
수국 밥상!

노란 별
- 호박꽃

커다란
별을 따다
노랗게 피워 놓고

분칠한 얼굴
활짝 펴
벌들을 부릅니다

다음날
마디마디
동그란 애호박
생겨났네요.

빛으로 향기로
- 반딧불

반짝반짝
노란빛으로 유혹하네

풀잎에
싱그러운
향기로 화답하네

삶이란
늘 주고받고
보답하며 사는 것.

주인공

기억 속에 기억
하루 속에 다른 날

함께하는 기억 속에
늘 당신이 주인공

행복은 덤이다.

웃음꽃

동그란 해바라기
늘 예쁘게 웃는다

그 옆에
환한 호박꽃
덩달아 함빡 웃는다

우리 집 밭에
알알이 행복 채워 놓고
웃음꽃 피운다

하하 호호….

종이컵의 소원

따스한 물을
드리고 싶어요

내 마음 가득 담아
커피도 넣어 드릴게요

당신 손길 그립고
관심 받고 싶어요

따스한 당신의 온기로….

번개의 눈물

캄캄한 하늘에
번쩍
번개가 치는데

어머니 당신이 그리워
눈물이 쏟아집니다

너무 그리워
눈물이 흘러흘러
그만
강물이 넘칠 것 같습니다.

너를 부를 때
– 이름

누군가 불러줄 때
나는 살아 있다

그래서
내 안에 담긴
그대 모습도
수시로 불러낸다

이름을
불러가며
불러낸다.

우리처럼
– 갯벌

찬바람이 불면
갯벌은
찰떡입니다

떨어지면
더 추울까 봐
꼭 붙어 있습니다

한시도 떨어지기 싫은
우리처럼.

칼로 물 베기

당신
나와 함께
지금처럼
사랑하며 살아요

부부싸움
칼로 물 베고
그 자리에 배려를 심어요

그 배려
사랑을 줄이려는 건
절대 아닙니다

그러니
걱정하지 않아도 됩니다.

가을 길

가을 길이 예쁘다
낙엽이 쌓인 길을
그리움 앞세워 걸어간다

걷다가
그 어디쯤에서
그대를 만났으면 좋겠다

나만큼 그리웠다며
기다림 속에서 달려 나올 그대!
그대를 기다리며 걷는다.

할 수 있을 때

먹을 수 있을 때
움직일 수 있을 때

만들 수 있을 때
웃을 수 있을 때

무엇이든
할 수 있을 때
다하면서 살아요

그렇게 하다 보면
그대와의 사랑도
더 진해지겠죠?

어쩌다 콩밭에

인삼 한 뿌리
귀하디 귀한 너는

어쩌다
콩밭에 싹을 틔워
잡초로
한 생을 마치나

콩밭에 인삼은
잡초일 뿐

내 안의 당신은
나만의 귀한 사람입니다.

보금자리

내 안에 펼친
보금자리
비단 금침일까?

신혼 첫날밤
꿈꾸는 새색시처럼

든든한 울타리 같은
당신 모습을 그립니다.

행복한 이유

– 핸드폰

작아서
늘 내 손안에 당신

만지면
늘 불러 주는
노랫소리에
가슴 떨립니다

만지고
바라볼 수 있는 당신
늘 함께해서 행복합니다.

4부

✳

길에서 만난 행복

다 넣고 싶다

가방에
다 넣고 싶다
내가 좋아하는
당신 생각까지

여행 다니며
힘들 때나 즐거울 때
꺼내 볼 수 있게
당신을 넣고 싶다.

나의 분신

등에 업혀서
가슴에 안겨서
나를 떠나지 못하는

당신은
내 분신(사랑)입니다.

아니아니,
나도 그대 가슴에
안기고 싶은 간절한 바람입니다.

몽당연필

난
왜 키가 작을까?
몽당연필은 궁금합니다

늘
당신 이름 적다가
키가 줄었을까요?

그래도
오늘은
미소 띤 당신을
멋지게 그렸습니다

사랑하니까!

냉장고

젊음을 유지하니
늘 싱싱합니다

그대를 싱싱하게
잘 간직하고 싶습니다

늘 젊은 모습
당신은 싱그럽습니다.

마음의 선물

작은 선물을 꺼낸다

가슴에서 꺼낸
작은
손 하트

당신 향한
내 마음의 선물입니다

당신 사랑하는 마음
한 트럭!

함께하는 시간

여름휴가
어디로 갈까!

함께하는 시간들은
늘 웃음과 즐거움이
가득합니다

휴가를
가든 안 가든
함께하는 시간이
휴가입니다.

손님 같은 아침

아침은
선물이다

날 찾아온
손님 같은 선물

감사하며 웃고
웃으니 행복하고
행복 속에
내일의 희망이 있다

아침이면
매일 다른 선물이 온다.

노을과 장미

서쪽 하늘이
참 곱다

빨간 고추잠자리
비를 피해 유영하듯

내 마음도 병실을 나가
훨훨 날고 있다

노을 속
가라앉는 저 붉은 해는
나를
빨간 장미로 물들인다.

행복한 비타민

가슴이 시린 날
나는
마음을 열고
따스한 햇살을 받아들인다

상큼한 비타민 같은
당신 윙크에
덩달아 미소 지으며
행복한 비타민 맛을 나누지만

역시
당신 생각 한 자락만은 못하다.

레몬티

상큼한 맛
레몬티를 마시면
온몸이 짜릿하고

당신 관심 하나에
난 숨 멈추어요

당신 사랑
레몬티처럼
너무 짜릿해요.

연둣빛 향연

키 큰 수양버드나무 가지에
잎이 돋았다

저 끝에 매달린
연둣빛 생명들

깊은 그리움을 향해
늘어지거나

큰 사랑을 위해
흔들리겠지

푸르른 향연이 벌어질
봄날의 축제!

왜 가벼울까?

좋은 여행도
가끔 힘들 때가 있다

그때마다
꺼내볼 수 있게

여행을 떠날 때
늘 그대 생각을 담아간다

눌러 담아도
오히려
가볍기만 한 가방!

물안개

가을 아침
물안개 피어올라
산 그림자 지우듯
내 마음도
하얗게 지워졌습니다

지워진 자리에
당신 얼굴 그렸다가
부끄러워 해를 부릅니다

여전히 가슴에
보고 싶다
보고 싶다
메아리가 칩니다.

흘러가는 것

계절 따라
떠나는 너는
바람이라고 했지

너 때문에
계절이 바뀌는 거라고
그러다가
일 년이 되는 거라고

그래, 맞다
우리 사랑과 달리
세월은
바뀌는 것이고
흘러가는 것이다.

빗소리

똑 똑 똑
빗소리가 들려요

가만히 들어봐요
당신 발소리 같아요

혹시 당신
오늘, 우산도 없는데
비로 오는 건 아니죠?

감기처럼

감기처럼
내 곁에 온
당신
날 힘들게 해

열이 나고
몸살을 앓고
밤을 지새우듯

당신 사랑할 때도 이랬었지
똑같다!

봄, 내 안의 꽃

봄은
더 그리운 계절

너에게
보내야 하는 마음에
꽃을 피운다

봄이 되면
늘 그랬듯
보고 싶은 네가 봄이다
내 안에 꽃이 피는 봄!

우리 사이

바다와 하늘을
하나로 안은 세상

바다는 그대
나는 하늘이라면

우리 사이
바다를 가른 모세라 해도
갈라놓지 못할 거야

살아생전 우리 사랑은
그만큼 깊은 사랑이고
이만큼 소중한 사랑이니까.

쉬었다 가세

가끔은
세월 앞에
잠시 멈추었다 가세

그 멈춘 자리에
꽃을 피우고
커피 한잔 마시며
나처럼, 좋아하는
사람 생각을 꺼내도 괜찮고

우리
우리 그렇게 쉬었다 가세.

사랑방

꽃이 활짝 피고
향기가 가득 퍼지니

백일홍 꽃방에
벌나비 날아와
이 꽃 저 꽃 꿀을 따요

"이봐 나비!
그렇게 일만 하면
사랑은 언제 할래?"

차표 한 장

몸도 성치 않은데
넌 어디로 가려고 하니?
혼자서는
아무것도 할 수 없는데

기다려
차표 한 장 끊어
바람을 데려올 테니까

사실은
그 표
당신 보고 싶은 마음이고
당연히 바람은
늘 기다리는 그대지요.

따뜻한 이유

하얗게 눈 내린 날
참새가 날아와
맨발로
눈 위에 서서

"아! 따뜻해!"

눈은 사랑도 아니고
그리움도 아닐 텐데
따뜻한 이유가 뭘까?

길에서 만난 행복

행복한 시간들이
내 곁에 모였어요

차 한잔의
여유로움도
바다를 보며
멍때림도

당신만 보입니다
여행길에 만나는 행복
당신뿐입니다.

쉿! 비밀입니다

어느 날
내 노트에
적어 놓은 당신 이름

오늘도
내 마음의 노트에
당신을
숨겨 놓았습니다

내 안의 당신

쉿!
비밀입니다.

5부

✳

담쟁이가 그린 그림

너무 예뻐서

단추가
너무 예뻐서
내 마음에 달고

그대 떨어지지 않게
아예 사랑으로
잠가 버렸어.

열어놓아요

그대여
마음에 난
창문을 열어놓아요

구름으로
바람으로 다가가
그대 모습
보고 올 수 있게.

커피 향

창가
코끝에 스미는 커피 향
네가 보고파 마주한다

커피를
마시지 않아도
네가 앞에 있어 좋다

커피가
차갑게 식어도
너는
내 가슴에서 따뜻하다.

웃고 있는 수국

숲길을 걷는다
날 기다린 듯
수국 꽃송이마다
웃음이 담겼다

그 웃음
당신의 사랑을 닮아
숲길이 환하다

당신 얼굴이
숲속에 가득하다.

냉이꽃

이랑에 고랑에
하얗게 핀 냉이꽃
봄날 꼿꼿이
기지개 켭니다

미소 짓는
작은 꽃잎
바람도 비켜 가고
햇살도 안아 줍니다

모두의
사랑을 확인합니다.

지하철

길게 늘어선 사람
인연을 매달고
달려온 지하철

만남으로
꿈을 이루고

우리
사랑으로
종착역 갑니다.

우산과 그대

우산은
비가 내릴 때 필요하고

당신은
보고 싶은 마음이 쏟아질 때
필요합니다

그러나 당신은
비가 오든
오지 않든

늘 내 곁에
머물러야 합니다.

모자 마음

내
단점은 감싸 주고
장점은 살려 주는
모자

날 위해 태어난
당신처럼
색색이 예쁜 모자 마음

거울 속에서
당신이
나를 보고 웃고 있다.

담쟁이가 그린 그림

바람 따라
빛을 따라
나비처럼 날아
나무를 끌어안고 돌아간다

새로운 길
호기심과 두려움에
꼭 달라붙어 숨도 못 쉰다

다시 채워 가는
새로운 길
멋진 그림 그리듯
가득 채우고 채워 그려 놓는다

사랑 이야기를….

제주에서

검푸른 겨울 바다
그 속에
봄 여름 가을이 살고 있다

한라산 흰 눈
멀리서 봐도
사계절 품어 안고
위풍당당하다

새빛오름 억새 물결
윤슬이 흐르고
바람이 어느새
몰고 가니

제주의 삶이 아름답다.

오솔길

숲속 모퉁이 돌아
오솔길에
들꽃 향기가
유혹을 합니다

타박타박 걷다 보니
추억이 물든 오솔길은
추억 길이 되었습니다

자꾸만 걷고 싶은
오솔길
당신이 걷는 길에
내가 있습니다
그 시절이 있습니다.

다시 걷기 위해

병실에서
무얼 하겠어

혈압 재고 약 먹고 밥 먹고
화장실 체크하고
걷기 운동하고

몸이 약을 받아들이지 못해
메스껍고 쓰리고
식은땀 나고 괴로운 세상

그래, 이곳에서
나를 새롭게 키운다

인공관절 넣고
다시 걷기 위해
열심히 재활 치료를 한다.

동그라미

동그라미 그리려다
그린 당신

내 마음에 쏙 듭니다
역시, 당신이 최고!

늘 동그라미
내 사랑 당신입니다.

계단 위에서

한 칸 한 칸
내려 딛듯
무릎을 가만히 펴봅니다

마냥 오르고 내리며
세월처럼 빠르게
혹은 더디게 다가갑니다

어느 날
해결사가 되어 준
엘리베이터

계단 위에서
웃는 당신 모습
빛이 납니다.

보이차가 당신이라면

보이차
진한 빛깔
고이 담아낼 때
생각했어요

보이차가 당신이라면
마시지 않고
그냥,
그냥 바라만 보고 있을 텐데.

한 통화의 희망

낮익은 얼굴에
맺힌 눈물

그 눈물 닦아 주고 싶어
전화를 건다

한 통화의
희망을 모아모아

아이들의 바람에
새싹이 돋았으면

웃는 얼굴로
다시 만났으면.

더 바쁜 휴일

우리 일상에는 여유가 있지만
휴일에는 여유가 없다

캠핑, 여행, 행사…
평일보다
더 바쁜 휴일!

바빠도
그대 생각하는
내 그리움처럼
즐거워서 바쁜 줄도 모르는
휴일!

밤새 내린 눈

너 누구?
무엇에 홀려 예까지 온 거니?

어젯밤
내 생각을 네가 훔쳐 간 거야?

시침 떼고 모른 척하는
네 모습 참 예쁘다
놀라운 세상을 만든 너!
너를 사랑한다

오늘 하루
추억이 흐르고
내 사랑이 흘러
나뭇가지 위
촉촉한 너의 살결을
만지작거린다

변해 버린 나를!

발 빠짐 주의

전철역으로
전동차가 들어온다
스크린 도어가 열리기 전
안내방송이 나온다

발 빠짐 주의!
발 빠짐 주의!

혹시
전동차가 들어오는 철로가
그대 그리움이라면?

빠져야 할까?
아니면
지금처럼 전동차만 타야 할까?

세종대왕이 되어

나는 오늘
세종대왕이 되어
거리로 나섰다

강릉 오죽헌을 갔다가
백화점을 가고
학교를 거쳐 기차역으로 갔다

해 질 녘
집으로 돌아왔다
피곤한 하루였다

세계 곳곳에서
한글을 사용 중인데
진짜 세종대왕은
얼마나 힘들까?

여고 동문

12월이다
한 해를 마무리하고
새해를 준비하는 달!
여고 동창 송년 모임에 왔다

그 시절 그때로 돌아가
선배와 후배로 풀어놓은
보따리마다
지난 세월이
웃는 표정으로 담겼다

한세월 살아온 연륜
모두가 여유다
다들 부지런히 살았고
둘러보니 잘 살았다.

다 함께 위하여

우리
다 함께
외쳐봐요!

위 기를 극복하는 사람
하 면 된다고 믿고 실천하는 사람
여 기 함께한 바로

당신입니다!

굿모닝,
나팔꽃